AF468044

ARCACHON

SA DOUBLE ORIGINE

La Chapelle bâtie par Illiricus

ET LE CHEMIN DE FER

PAR M. H. GILLET

TOURS

IMPRIMERIE NOUVELLE. — ERNEST MAZEREAU,

PASSAGE RICHELIEU, 11.

1866

ARCACHON

SA DOUBLE ORIGINE

LA CHAPELLE BATIE PAR ILLIRICUS ET LE CHEMIN DE FER

Par M. H. GILLET

« Ce morceau n'était point destiné à l'impression. Un enfant de Bordeaux, fils adoptif toutefois, puisqu'il est né à Richelieu, où il a encore la plus grande partie de sa famille, le composa, sans prétention, à la suite d'une de ces courses délicieuses, où il se plait à aller chercher ses délassements les plus légitimes, en même temps que ses inspirations les plus saines

« Ce sont des pensées un peu disparates, il est vrai, à cause du sujet, mais graves et chrétiennes, selon les habitudes de l'auteur, et formulées dans ce langage imagé et cadencé qui vibre un peu plus longtemps que le langage ordinaire dans la mémoire des hommes. Comme elles avaient toutes pris une teinte religieuse, en passant par son âme profondément croyante, il s'empressa de les communiquer à l'un de ses frères qui exerce, à peu de distance de sa ville natale, les fonctions du saint ministère. Celui-ci, tout naturellement, les admira, sinon pour la forme, qui laisse sans doute à désirer, du moins, pour le fond des choses, ce qui est l'essentiel, et il voulut les faire admirer également à toute la famille, ainsi qu'aux amis de la famille. Il ne pouvait mieux faire, pour cela, que d'avoir recours à l'imprimeur, cet écrivain public des temps modernes, qui donne à nos pensées même les plus éphémères une extension et une stabilité qu'elles ne sauraient avoir par leur nature.

P***

Au bord d'une forêt, vaste mer de verdure,
Il est un lieu charmant, bijou de la nature,
Que tout Bordeaux ravi s'est choisi pour villa.
C'était un lieu désert, où longtemps ne brilla
Que la modeste croix d'une antique chapelle.
Là s'élève Arcachon, cité d'hier, si belle
Qu'on dirait, la voyant bercée au sein des eaux,
Un cygne n'ayant point, sur l'onde, de rivaux,
Ou, plongeant son regard dans un cristal limpide,
Une vierge en sa fleur, au front pur et candide,
Une rose couchée en son nid toujours vert,
Un sourire du ciel tombé dans le désert.

N'est-ce pas, en effet, un sourire céleste
Que nous apercevons, à son berceau modeste ?
Qu'il fût ange ou mortel, un serviteur de Dieu
Vint autrefois fixer son séjour en ce lieu.
C'était Illiricus, apôtre à l'âme ardente,
Qui fascina Bordeaux par sa voix éloquente.
Il fuyait, sur ces bords, un fantôme brillant,
La gloire, qui partout s'attache au vrai talent.
Peut-être aussi, qui sait? ces terribles rivages
Avaient-ils leur écho dans son cœur plein d'orages.
Ainsi, l'on vit Jérôme, à la fleur de ses ans,
Emporter, au désert, ses délires brûlants.

Tremblant, Illiricus, du fond de sa retraite,
Contemplait les horreurs d'une affreuse tempête.
Il aperçoit, cédant à la fureur des flots,
Un navire monté par quelques matelots.
Pour suivre de plus près le drame épouvantable,
Il s'élance au sommet d'un petit mont de sable.
Son âme tout entière était dans son regard.
De son sein haletant tout à coup un cri part.
Le navire, emporté par la vague rapide.
Avec elle volait vers la passe perfide,
Où le gouffre, en fureur, déjà pour l'engloutir,
Tonnant sur ses brisants, paraissait s'entr'ouvrir.

Éperdu de douleur, le pieux solitaire
Lève ses bras tremblants vers la divine mère,
Patrone du marin, son refuge assuré,
Au milieu des périls dont il est entouré.
Le juste est entendu. Des cieux la reine aimée
A regardé la mer, et la mer s'est calmée;
Et les pauvres marins, échappés à la mort,
Entrent, bientôt après, ivres de joie, au port.
Une madone en marbre, à moitié mutilée,
Sous le pied des passants depuis longtemps foulée,
Fut découverte, un jour, en face de l'écueil
Où la mer avait vu se briser son orgueil.

*

C'était bien là pourtant que les sombres abîmes
Dévoraient, tous les ans, de nombreuses victimes.
Illiricus saisit le marbre précieux,
Et, fier de son trésor, l'emporte de ces lieux.
Pour lui, cette statue est de la Providence
Un ordre que sa foi, que sa reconnaissance,
Et son ardent amour s'étaient déjà donné.
Depuis que, sous ses yeux, l'Océan étonné
Avait senti soudain s'apaiser sa colère,
Et reculé, vaincu par son humble prière,
Souvent il s'était dit que ces bords orageux
Demandaient, pour la Vierge, un monument pieux.

*

Notre saint bâtit donc une pauvre chapelle
Que, pour tout ornement, il para de son zèle
A prier, chaque jour, la mère du Sauveur,
Pour ses frères, surtout, demandant le bonheur.
Telle fut d'Arcachon la pieuse origine.
Trois siècles ont passé, rien encor ne dessine
La charmante cité. Mais voilà qu'à présent
La mer a reculé de l'immense versant
Que battait, chaque jour, sa fureur écumante.
Et le sable mouvant, cette autre mer errante,
N'y vole plus, au gré du caprice des vents.
Une main a fixé les désastreux torrents ;

Et partout, où jadis, à la vue attristée,
Ne s'offrait qu'une terre aride, dévastée,
S'étend un vert tapis dont les plis onduleux
Suivent les flots grondants qui roulent devant eux.

***

Mais quel est, au milieu d'une blanche fumée,
Ce monstre qui, superbe, à la rive embaumée
Accourt, de cris stridents faisant gémir les airs,
Et pareil, en sa fougue, aux rapides éclairs?
Une apparition du ténébreux Ténare?
Quelque enfant de la nuit que la lumière égare?
On croirait, à le voir, qu'il vient pour dévaster,
Quand c'est la vie, à flots, qu'à tout il va porter.
Ses sifflements aigus ne se font plus entendre.
Il s'arrête; et bientôt, se hâtant de descendre
Des chars retentissants qu'il traînait après lui,
De joyeux Bordelais, affranchis, aujourd'hui,
Des travaux journaliers et des soins mercenaires,
Disent : « Amusons-nous! A demain les affaires! »

*

Les uns, accompagnés de femmes et d'enfants,
Se fiant au ciel bleu qui promet du beau temps,
Courent vers le bassin où flottent vingt nacelles.
Ils y montent en foule, et, dès que l'une d'elles
A pris de voyageurs un nombre suffisant,
Ils s'éloignent du port et voguent en chantant.

D'autres, que nuls liens ne captivent encore,
Ayant le cœur exempt du souci qui dévore,
Pédestrement s'en vont, à la cime des bois,
Admirer l'Océan, ouïr sa grande voix.
D'autres enfin, prenant la rustique monture,
Et des pieds et des mains excitant son allure,
S'avancent, tour-à-tour trottant et galopant,
Dans la direction du côteau verdoyant.

*

Quelques heures après, la triple caravane,
Assise aux pieds des pins près desquels la croix plane.
Sous leurs ombrages frais, contemple, avec bonheur,
Les charmes ravissants de ce site enchanteur.
Devant tant de beautés et de magnificence,
Un hymne d'enthousiasme, à chaque instant, s'élance
De tous les cœurs émus, vers l'Ouvrier divin
Qui tira ces grandeurs de sa puissante main.
Quels aveugles regards, dans une telle scène,
Ne verraient pas briller cette main souveraine !
On dirait même, ici, que des yeux on la sent.
Ah ! c'est que, nulle part, l'œuvre du Tout-puissant
Ne jette, sur son nom, des lumières plus vives
Que celles dont l'éclat resplendit sur ces rives.

*

L'âme ploie, un instant, sous ce vaste horizon,
Mais bientôt elle monte à son diapason.

La grandeur du tableau, sa majesté foudroie
Les folles passions dont elle était la proie.
A soi-même rendue, elle retrouve alors
Ce qui nous fuit partout, le plus grand des trésors,
La paix, non cette paix qu'un désir éteint donne,
Affaissement d'un cœur que la vie abandonne,
Mais telle qu'en l'Eden le premier des mortels
La goûtait, lorsque Dieu, des parvis éternels,
Daignait quitter la gloire, et venir, tendre père,
Avec ce fils aimé, converser sur la terre.

De la Divinité l'homme a la passion,
Et c'est là sa grandeur A quelque ambition,
A quelque ardent amour qu'il se soit laissé prendre,
De ce céleste instinct il ne peut se défendre.
Du besoin d'adorer il semble tourmenté.
Grandiose spectacle à son œil présenté,
Qu'un jour de la nature une splendide page
Du Dieu dont il a faim fasse briller l'image :
Une joie inconnue aussitôt l'envahit ;
Hors de lui, transporté, dans son cœur il se dit :
Fixons ici nos pas, j'ai trouvé la patrie !

. . . .

Voilà précisément, en leur âme attendrie,
Ce que nos Bordelais viennent de ressentir.
Mais, ici bas, la joie est courte, il faut partir.

Ils quittent, à pas lents, le délicieux rivage
Déjà peut-être, en rêve, habitant cette plage.

. . . .

Ce rêve, ah! c'est pour nous une réalité.
Regardez Arcachon, la magique cité.

TOURS. — IMPRIMERIE NOUVELLE. — E. MAZEREAU
Passage Richelieu, 11

www.ingramcontent.com/pod-product-compliance
Ingram Content Group UK Ltd.
Pitfield, Milton Keynes, MK11 3LW, UK
UKHW020553230726
13925UKWH00006B/2570

9 782019 262761